KB089936

혼자만의 시간을 좋아하는 너에게

초판 1쇄 2021년 06월 15일 **2쇄** 2022년 06월 01일 **글·그림** 톤 막 **옮김** 문태준
펴낸이 황인옥 **편집** 윤서 **디자인** 윤연희 **도움이** 달이할매 **마케팅** 임수진 **영업** 정원식
펴낸곳 나무말미 **출판등록** 제2020-000134호 **주소** 서울시 마포구 월드컵북로 400 5층 24호
전화 0507-1429-7702 **팩스** 0504-027-7702 **인스타그램** @namumalmi_publisher
홈페이지 https://namumalmibooks.modoo.at **ISBN** 979-11-970909-8-1(02840)

나무말미는 장마철 잠깐 해가 나서 땔나무를 말릴 수 있는 시간을 뜻하는 우리말입니다.

⚠ 주의 책의 모서리가 날카로워 다칠 수 있으니 책을 던지거나 떨어뜨리지 마십시오.

내성적인 너에게,
거북이의 다독임

혼자만의 시간을
좋아하는 너에게

글·그림 톤 막 옮김 문태준

글·그림 **톤 막**

홍콩에서 태어나 뉴질랜드와 영국을 오가며 성장했고, 대학에서는 인류학을 공부했다. 비주얼 아티스트이자 작가이며, 통통하고 기발한 캐릭터 시리즈 FLABJACKS로 잘 알려져 있다. FLABJACKS는 구찌, 렉서스, 나이키, 스와치 등 전 세계 브랜드와 제휴하여 아시아, 유럽, 미국에서 독자적인 컬러풀한 브랜드로 자리매김하고 있다. 나무늘보와 거북이, 고구마와 뜨거운 차를 좋아한다. 유쾌하고 긍정적인 에너지가 넘치는 작품 세계는 www.flabjacks.com에서 볼 수 있다. 쓰고 그린 책으로는 『천천히 쉬어가세요-행복한 나무늘보로 사는 법』이 있다.

옮김 **문태준**

1970년 경북 김천에서 태어났으며, 고려대학교 국문과와 동국대학교 대학원 국문과를 졸업했다. 1994년《문예중앙》으로 등단했다. 시집으로는 『수런거리는 뒤란』, 『맨발』, 『가재미』, 『그늘의 발달』, 『먼 곳』, 『우리들의 마지막 얼굴』, 『내가 사모하는 일에 무슨 끝이 있나요』, 산문집으로는 『느림보 마음』, 『바람이 불면 바람이 부는 나무가 되지요』가 있다. 소월시문학상, 노작문학상, 유심작품상, 미당문학상, 서정시학작품상, 애지문학상, 목월문학상, 정지용문학상 등을 수상했다.

나의 아버지께

이 책을 바칩니다.

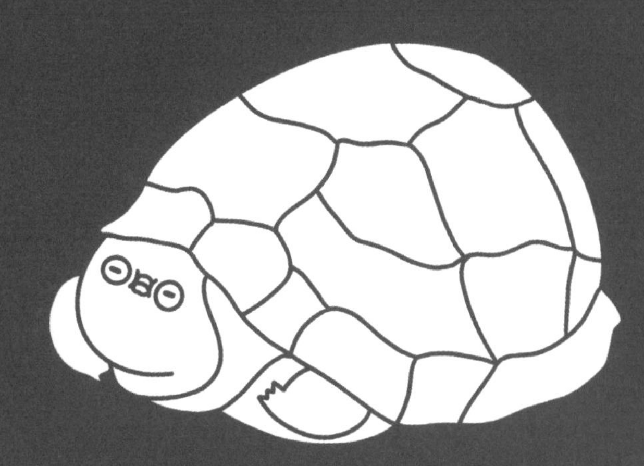

나는 거북이야.

나는 내가 좀 내성적이라고 생각해.

때로는 누군가와 어울리는 게
좀 힘들고 지쳐.

뭐라고 말해야 할지 모르겠어…….

언제 말하면 좋을지도 잘 모르겠어.

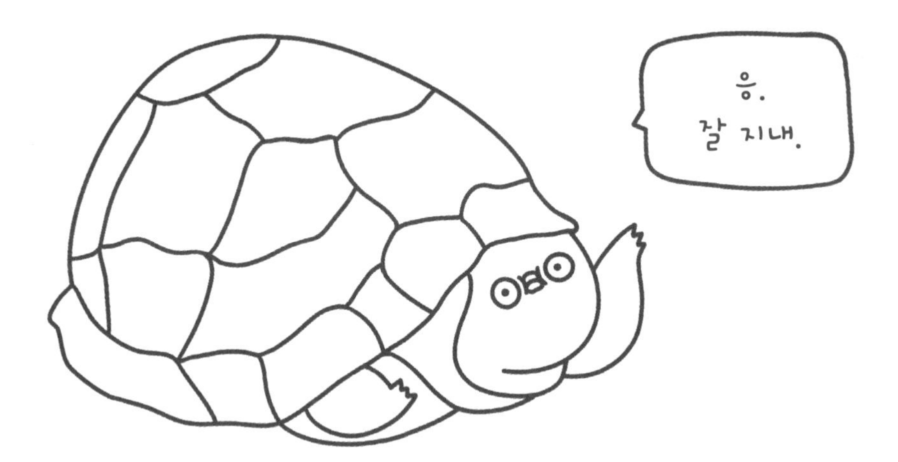

어떤 때는 정말로

상자 안에 꼭꼭 숨어 버리고 싶어.

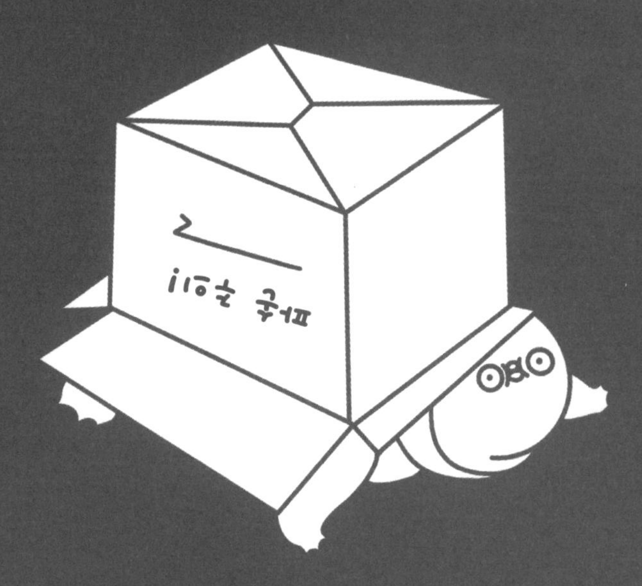
파손 주의!

나는 나 혼자 있는 시간이 너무 즐거워.

한 명이요.

나는 혼자서 궁금해하고

혼자서 생각할 때 힘이 솟아.

나는 사람들과 멀찌감치 떨어져서……

천천히 느긋하게 걷는 게 좋아.

22
안녕!
….

나는 소소한 수다를 좋아하지 않아.

쌀쌀맞거나 대화하는 걸
싫어하는 게 아니라
그냥 억지로 하는 느낌이 들어서야.

슈퍼마켓 계산대 앞에서

이야기를 나누는 건 좀 긴장돼.

이번 주말에 뭐 해?
hello
BEANS

하지만 친한 친구나 가족과 있을 때에는

이야기를 나누고 그들의 생각을 따라가는 게 즐거워.

그때에는 겉만 보기 좋게 꾸미려고 하지 않지.

그들의 이야기를 듣는 게 좋아. 반짝이는 아이디어,

오래 한 생각,

여러 가지 감정들.

친구야, 잘 지내?

좀 울적해.

나는 상대방이 하는 말을
들어 주고 공감하는 걸 즐겨.

냄새 좀 맡아 봐.
그래.

의미 있는 이야기를 나눌 때 가장 만족스러워.

나는 항상 이야기를
잘 들어 주려고 해.
내 꿈은 마라톤 대회에
나가는 거야.

그리고 마찬가지로
누군가 내 말을 잘 들어 주면,
내 마음도 열리기 시작해.

나는 천천히 내 감정들을
하나씩 나눌 수 있을 거야.

솔직히 나도 좀
울컥했어.

때로는 말없이 함께 있는 게 근사해.

무언가 먹으면서

같이 앉아 있기만 해도 좋아.

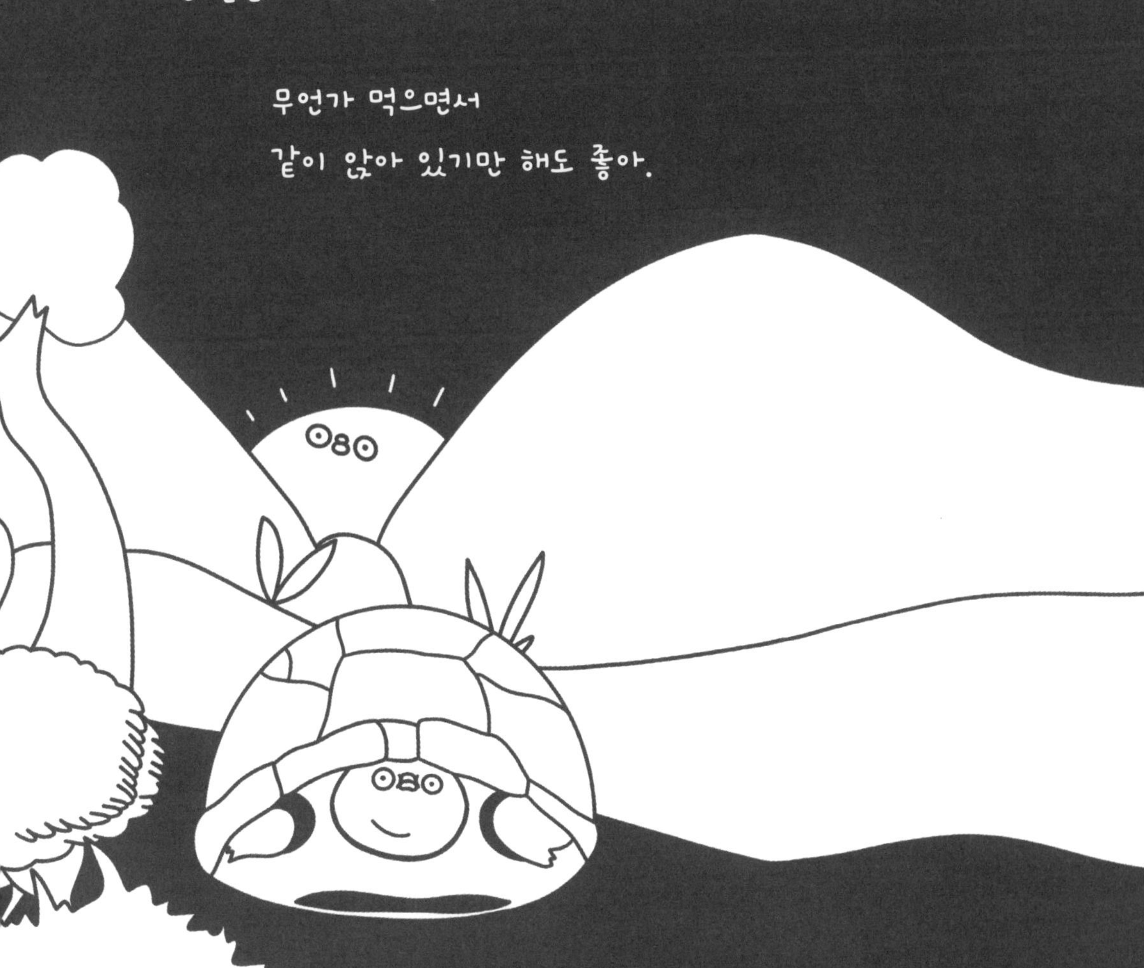

나는 친한 친구들과 더 잘 지내기 위해

에너지를 아껴 두려고 해.

그리고 무엇보다 나 자신을 위해서

에너지를 아껴 두려고 해.

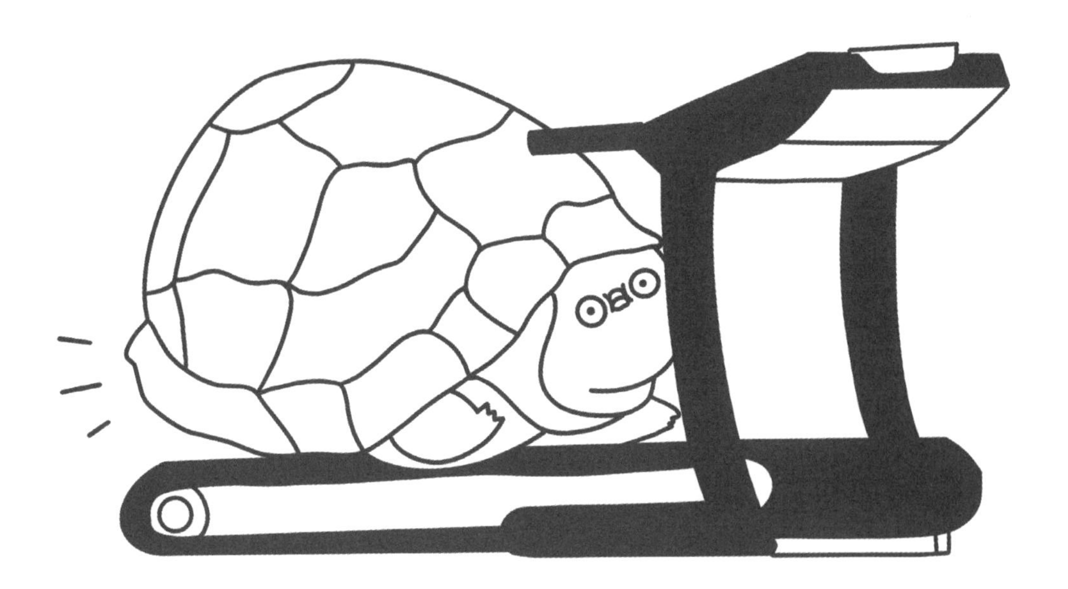

너도 알겠지만, 나는 내 둥근 등딱지 안에
혼자 있는 게 너무 좋아.

나 오늘 바빠.

* 5시간 후 *

나는 내성적이어서

내 내면 세계의 생각과 느낌에 이끌리곤 해.

나는 멍하니 이런저런 생각을 하곤 해.

다른 시나리오를 상상하고,

지난 일을 떠올리고,

미래의 계획을 세우지.

TACO

막연한 생각에 빠지다 보면

상상력이 뭉게뭉게 일어나.

천천히
가자

나는 집에 있는 걸 좋아해.

집은 아늑한 나만의 보금자리야.

나는 일상의 일들이 꽤 재미있어.

예를 들어,

작은 화분 가꾸기.

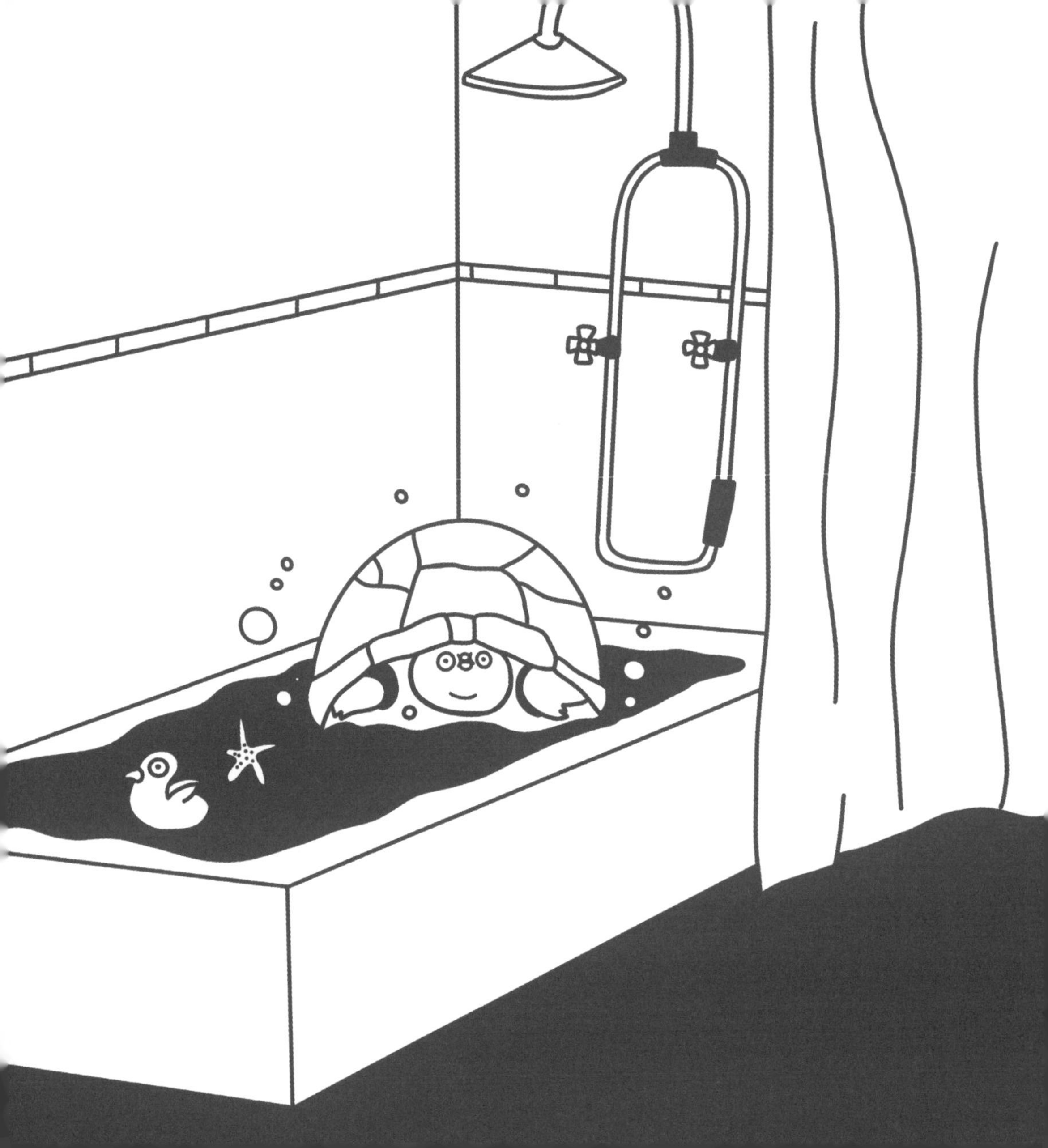

욕조에서 심호흡하기.

털북숭이 동물들과 놀기.

불빛 멍하니 바라보기.

주의를 집중해서 빠져들면
평범한 것을 특별한 것으로 바꿀 수 있어.

이런.

나는 창의적이고, 철학적이고,
정신적인 노력에서
기쁨을 느껴.

혼자 무언가를 할 때 힘이 나.

음악을 듣거나,

아니면 자연 속에서 시간을 보내거나.

혼자 있는 시간은 나를 잠시 멈추게 하고
지친 나를 원래대로 회복시켜 줘.

마음이 평온해지고,
지금 잘 있는 걸 생생하게 느껴.

토론대회

나는 바깥 세계의 소란스러움에

휘둘리지 않으려고 해.

소란스러움에 휘둘릴지라도

나는 나를 마음 안쪽으로 돌려놓을 수 있어.

나는 아주 큰 사무실에서

내 목소리를 잃어버릴 때가 있어.

그래서 가끔은

혼자 일하는 게 더 좋아.

나만의 공간은 일하는 데에 아주 중요해.

내 생각과 아이디어를 갖고
독립적으로 일할 때 나는 최고로 잘할 수 있어.

혼자만의 시간은 어떤 것을 완전히 새롭게 바꾸도록 도와줘.

판매 매출
어쩌고!
응,
근데 아니!

내 주변의 다른 사람들은 더 빠르고, 더 큰 소리로,
더 자신 있게 말할 수 있을지도 몰라.

판매 매출

하지만 나는 서두를 필요가 없다고 생각해.

다른 이들의 목소리가 더 크게 들릴지 모르지만,

내 생각도 그만큼 틀림없이 옳아.

나는 나만의 방식으로 내 생각을 나누고 싶어.

그러면 됐지, 뭐. 괜찮아.

조용한
힘
웃어요

내성적인 사람은 오해를 사기 쉬워.

좋잖아.

이상해…….

주변에선 내가 잘 어울리지 못한다고 오해할지도 몰라.

하지만 나는 그들의 생각에 크게 신경 쓰지 않아.

내성적인 것은 새로운 힘이 솟아나는 샘 같은 거야.

나는 내 나름대로 문제를 다루는 방식이 있어.

명상을 하면서,

음악을 들으면서,

혼자만의 시간을 보내면서,

멍하니 생각에 잠겨서,

그리고 창의적이고 신선한 표현을 통해서.

나는 끊임없이 내 느낌들을
표현하려고 애를 써.

화산처럼 폭발할 때까지
마음속에 담아 두지 않고 말이야.

나는 나를 둘러싼 세계를 천천히 헤아리는 걸 즐겨.

내 몸과 마음에

가만히 귀를 기울이고,

나를 솔직하게 대하고, 세상을 받아들이는 데에

충분한 시간을 가져.

모두 다 각자 취향과 방식이 다르지.

그리고 그건 언제나
괜찮아.

내성적인 것은 큰 힘이야.

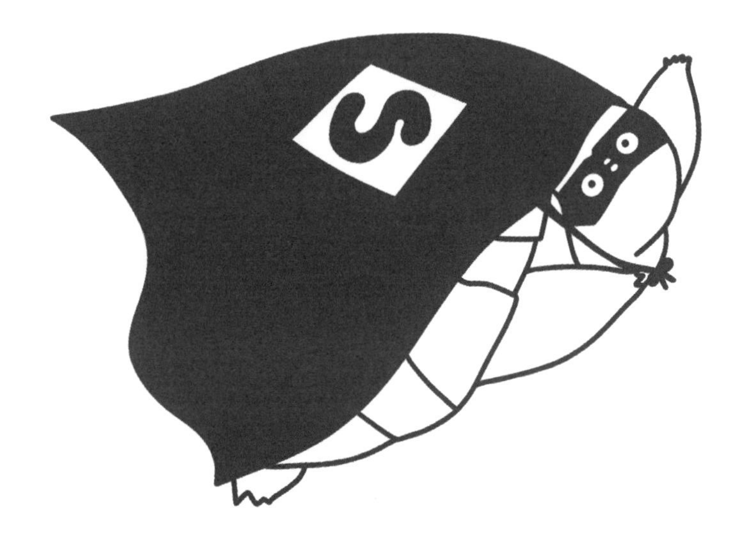

이건 나만의 비법이고…….

아마 너도 너만의 비법이 있을 거야.

나, 내성적인

거북이가 하고 싶은 마지막 말은……

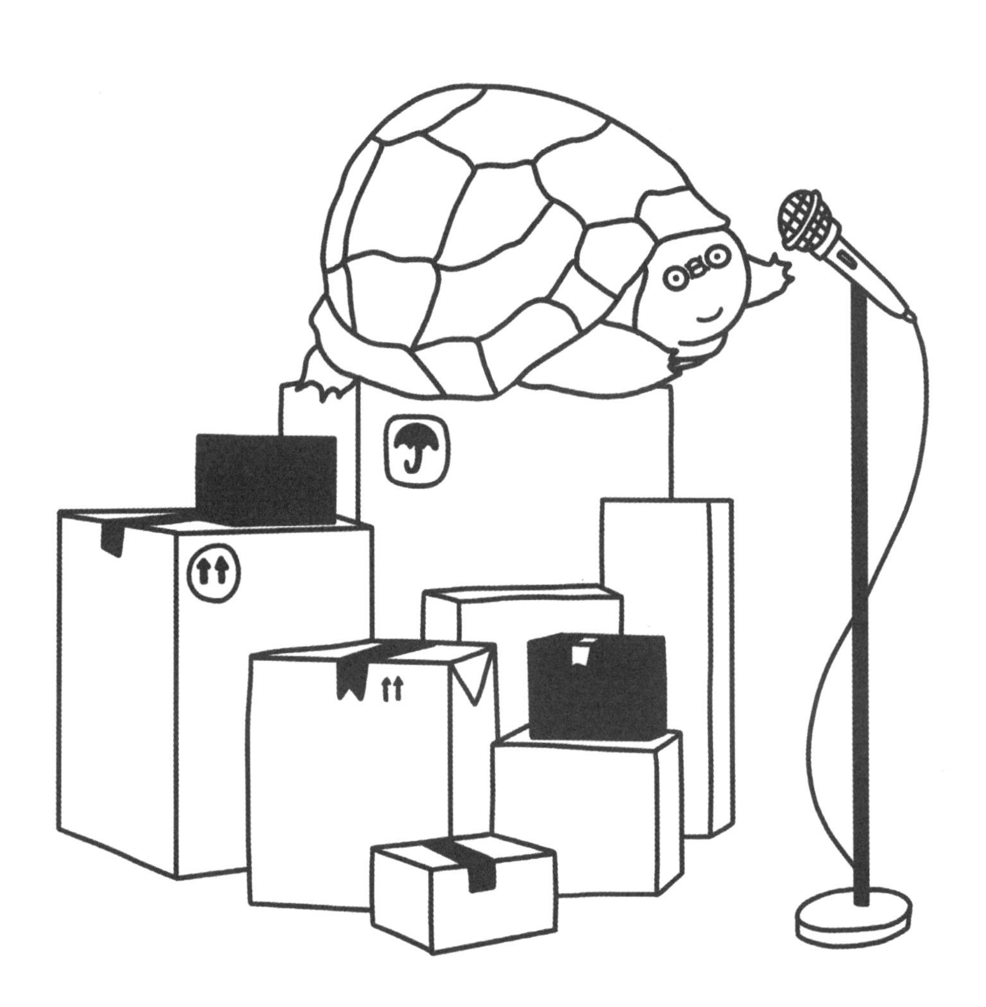

네가 너의 목소리를 찾는 데 필요한 시간을
스스로에게 줘야 한다는 거야.

천천히 나누어도 좋아.

그리고 조용히.

삡.

자신감이 항상 겉으로 넘쳐 나는 건 아니야.

때로는 아주 조용하고

은은하게 표현될 수 있어.

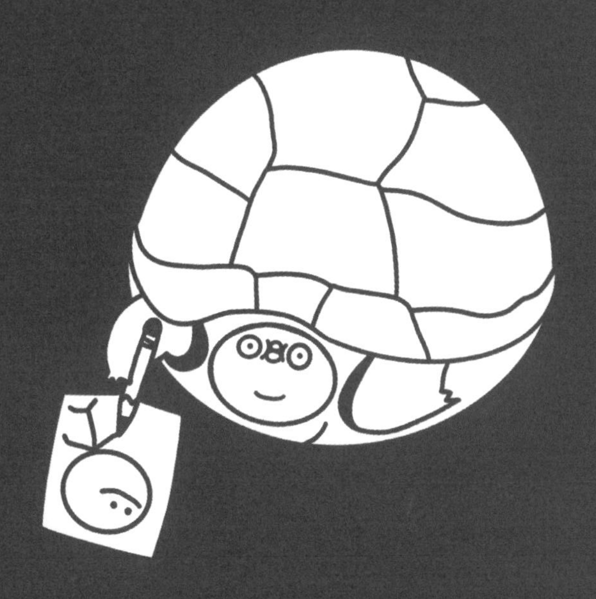

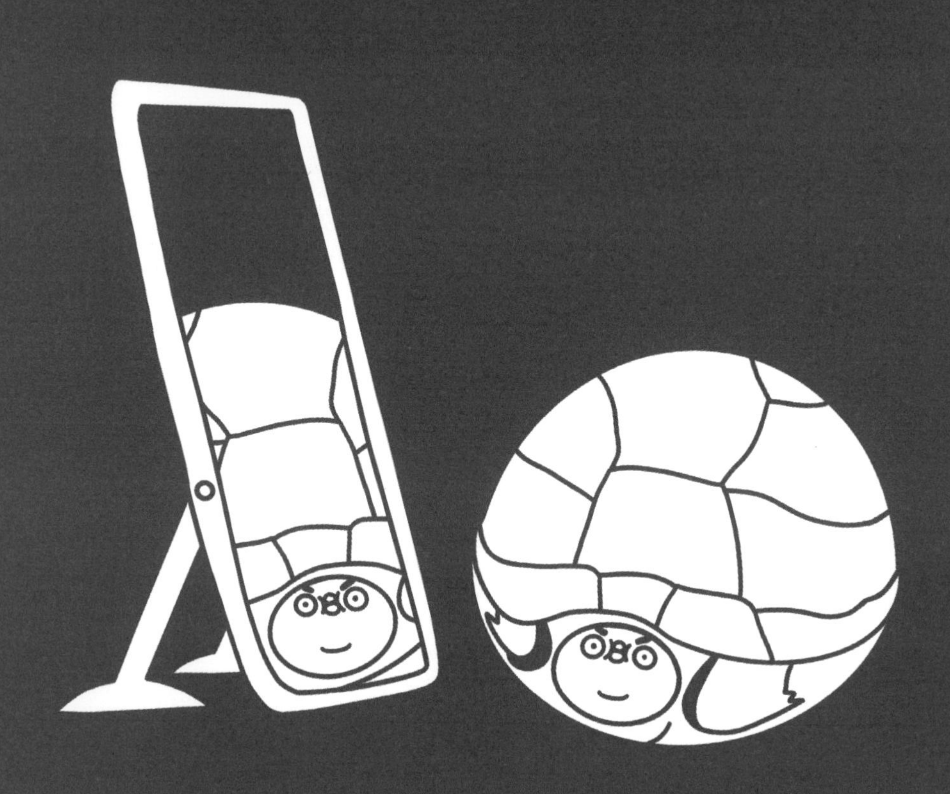

너의 마음속에는 이미

힘과 용기가 있어.

아주 좋아!

아마도 쭉
거기에 있을 거야.

그리고 기억해, 항상 스스로에게 솔직할 것을.

어딘가 이상하지만 멋진 너 자신에게.

옮긴이의 말

내성적이라고 주눅이 들 필요는 없다.
내성적인 사람은 내면을 가꾸는 사람이다.
마음의 화원을 가꾸는 사람이다.
마음에 빛을 들여놓는 사람이다.
스스로를 보는 사람이다.
그리하여 바위 같은 평온을 얻은 사람이다.
당당하게 내성적이라고 말하라.
나는, 영적인 노동을 하는 사람이라고 말하라.
공감 능력이 뛰어난, 내성적인 사람들의 시대가 열릴 것이다.
이 책의 주인공인 귀여운 거북이는,
예쁜 꽃을 든 거북이는
이런 보석 같은 메시지를 책장 속에,
갈피 속에 가만히 넣어 놓고 있다.

- 시인 문태준 -